VIRTUS IN HAEREDES

HONI SOIT ... AL Y PENSE

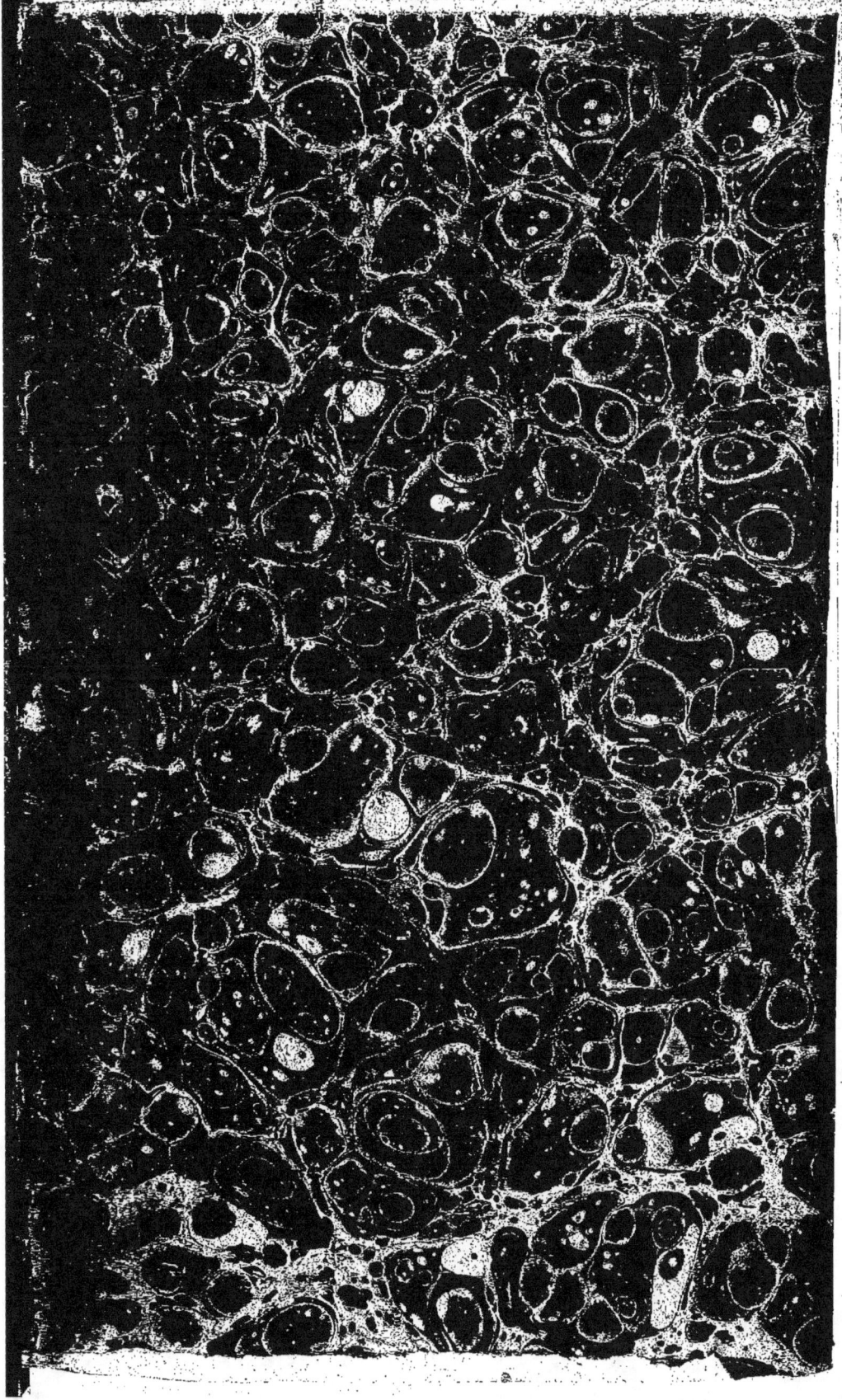

Tome 12ᵐ et dernier.

Ce douzième et dernier volume fut
ainsi composé et classé par l'Ami du peuple
lui-même, à l'exception 1.° du portrait de
Marat par Fabre d'Églantine 2.° du petit
poème de Dorat-Cubières ; 3.° du discours
de la section des gardes-françaises, 4.° de
l'Éloge de Marat et Lepelletier par Pamqugui.
Ces quatre pièces ont été placées par moi
en tête des autres, ainsi que le portrait
de Marat, gravé en 1834, dont Albertine
sa soeur et Madame Dufbois, cousine de
Camille Desmoulins, m'ont déclaré m'avoir
l'authenticité et la parfaite ressemblance.

Villiaumey

— 1834 - Paris. —

portrait ressemblant de marat, l'ami du peuple,
copié sur l'original du fameux peintre Booz,
fait en 1793. Cet original étoit entre les
mains de la soeur de Marat.

Publié par Adolphe Havard

Imprimé par Dien.

PORTRAIT

DE MARAT.

JEAN PAUL MARAT — L'AMI DU PEUPLE

Peuple vois ton ami qui pour ta liberté

Au peril de ses jours te dit la verité

Blanchard Sc.t

Se trouve a Paris chez Rochette rue S.t Jean de Beauvais N.º 38.

PORTRAIT

DE MARAT,

PAR P. F. N. FABRE D'EGLANTINE,

REPRÉSENTANT DU PEUPLE,

Député de Paris à la Convention Nationale.

Ils ont fait le semblant; moi, j'y vais tout de bon.
REGNIER.

À PARIS,

Chez MARADAN, Libraire, rue du Cimetière
Saint-André-des-Arts, n°. 9.

SECONDE ANNÉE DE LA RÉPUBLIQUE.

PORTRAIT

DE MARAT.

Aristocrates et démagogues, feuillans et patriotes, royalistes et républicains, étrangers et Français, hommes et femmes, jeunes et vieux, froids, indifférens, chaleureux, exagérés, tout le monde a voulu parler de *Marat*, tout le monde en a parlé ; chacun se l'est figuré d'après soi-même, chacun l'a peint à sa guise ; chacun l'a montré ou vu selon l'esprit de son parti, et selon le plus ou moins de lumière ou d'aveuglement, d'instinct ou de raison, de penchant ou de calcul, qui déterminoient le choix de ce parti. Il est résulté de cette complication de traits, sous lesquels on cherche *Marat*, non pas un portrait, mais une défiguration complète ; non pas un dessin, mais un barbouillage ; non pas Marat, mais une multitude de personnages contradictoires, dont pas un n'offre deux traits de suite de cet homme célèbre, et vraiment digne de l'être.

Moi, qui ai vu de près *Marat*, qui l'ai bien connu ; moi, qui depuis le 14

A 3

juillet 1789, l'ai observé et étudié avec
attention et constance, à-peu-près comme
j'ai observé et étudié tous les hommes de
la Révolution française, de tous les par-
tis, et en proportion des moyens qu'ils
m'ont offert de les observer, je vais es-
sayer de peindre ce martyr de la Liberté,
au physique et au moral.

Marat, lorsqu'il est mort, avoit vécu de
45 à 50 ans; il étoit de la plus petite stature;
à peine avoit-il cinq pieds de haut. Il étoit
néanmoins taillé en force, sans être gros
ni gras; il avoit les épaules et l'estomac
larges, le ventre mince, les cuisses courtes
et écartées, les jambes cambrées, les bras
forts, et il les agitoit avec vigueur et grace.
Sur un col assez court il portoit une tête
d'un caractère très-prononcé; il avoit le
visage large et osseux, le nez aquilin, épaté
et même écrasé; le dessous du nez proé-
minent et avancé; la bouche moyenne et
souvent crispée dans l'un des coins par une
contraction fréquente; les lèvres minces,
le front grand, les yeux de couleur gris-
jaune, spirituels, vifs, perçans, sereins, na-
turellement doux, même gracieux et d'un
regard assuré; le sourcil rare, le teint plom-

bé et flétri ; la barbe noire, les cheveux
bruns et négligés ; il marchoit la tête haute,
droite et en arrière, et avec une rapidité
cadencée, qui s'onduloit par un balance-
ment de hanches : son maintien le plus
ordinaire, étoit de croiser fortement ses
deux bras sur la poitrine. En parlant
en société, il s'agitoit avec véhémence,
et terminoit presque toujours son expression par un mouvement du pied qu'il
tournoit en avant, et dont il frappoit la
terre, en se relevant subitement sur la
pointe, comme pour élever sa petite taille
à la hauteur de son opinion. Le son de sa
voix étoit mâle, sonore, un peu gras et
d'un timbre éclatant ; un défaut de langue
lui rendoit difficiles à exprimer nettement
le *c* et l'*s*, dont il mêloit la prononcia-
tion à la consonnance du *g*, sans autre dé-
sagrément sensible, que d'avoir le débit
un peu lourd ; mais le sentiment de sa
pensée, la plénitude de sa phrase, la simplicité de son élocution et la brièveté de
son discours, effaçoient absolument cette
pesanteur maxillaire. A la tribune, s'il y
montoit sans obstacle ni indignation, il se
campoit avec assurance et fierté ; le corps

effacé, la main droite sur la hanche, le bras gauche tendu en avant sur le pupître, la tête en arrière, tournée en trois quarts, et un peu penchée sur l'épaule droite. S'il avoit, au contraire, à vaincre à la tribune les hurlemens de l'aristocratie, les chicanes de la mauvaise foi, et le despotisme d'un président, il attendoit le calme avec constance, et la parole avec audace; il prenoit une attitude hardie, croisoit diagonalement ses deux bras sur la poitrine, et en s'effaçant vers la gauche, donnoit à sa physionomie et à son regard un caractère sardonique, dont il ne manquoit pas d'exprimer tout le cinisme dans son discours.

Il se vétissoit d'une manière négligée; son insouciance sur ce point, annonçoit une ignorance complète des convenances de la mode et du goût, et l'on peut dire même l'air de la mal-propreté.

Marat, avant la Révolution, s'étoit déjà fait un nom parmi les savans; l'étude de la physique et des sciences spéculatives, avait aiguisé son imagination, déjà très-vive. A la pénétration naturelle qu'il avoit, se joignoit presque toujours cette perspi-

cacité conjecturative, dont souvent quel-
qu'une de ses passions le portoit à abu-
ser : il avoit fait une étude profonde et
suivie des hommes; il pénétroit rapidement
le profond motif de leurs actions, mais il
étoit flatté de le deviner seul. Quand les
autres le devinoient avec lui, il s'efforçoit
quelquefois de pénétrer un motif plus profond; alors son illusion l'égaroit souvent,
et d'autant plus, qu'il exprimoit parfaitement bien ses conjectures, et qu'il les
expliquoit dans la saine théorie du cœur
humain.

J'ai dit qu'il avoit bien étudié, et con-
noissoit les hommes ; mais ses études rai-
sonnées avoient été faites sur des sujets
vicieux et corrompus. Des hypocrites de société, des charlatans, des philosophistes in-
tolérans, des empiriques, des savans immo-
raux, des littérateurs rampans, des émules
envieux et lâches, et en général des hommes
attachés ou brûlans d'être attachés à la
cour, aux grands et aux riches, c'est-à-dire,
des hommes pervers et perfides, voilà sur
quels sujets il exerça, dans l'époque de son
âge la plus vigoureuse, cet esprit d'analyse
et d'observation qui lui donna pour résultat,

ce mépris qu'il avoit en général pour ce qu'on appelloit en ce siècle, *les gens du monde*, sur-tout pour les hommes éclairés de cette classe, quand ils n'étoient pas fortement caractérisés par la simplicité et dans leurs raisonnemens et dans leur élocution. Le plus grand Patriote, c'est-à-dire, l'homme de ce renom, mais sophiste ou versatile, mais contourné ou prétentionneux, lui devenoit suspect dès le premier moment.

Il paroît que les premières années de sa vie se sont écoulées à la campagne ou dans des lieux simples et retirés ; c'est là que la bonté de son naturel s'étoit développée et consolidée par l'aspect de la nature et des hommes le plus rapprochés d'elle, et par l'influence d'un état de mœurs simples et paisibles. De-là dérivoit cet amour ardent qu'il avoit pour le Peuple, cette connoissance qu'il avoit des choses naturelles tant au moral qu'au physique, cette simplicité continue dont sa personne, sa pensée, ses discours et ses actions, étoient caractérisés. En tout, son discernement expliquoit les choses par les causes les plus naturelles ; en tout, son génie recouroit au plus simple moyen : voilà pourquoi il paroissoit presque toujours extravagant aux hommes soumis aux préjugés, dominés par l'habitude, entraînés par la routine, et dupes, ou feignant de l'être, de notre hypocrisie sociale et de la perfidie du siècle.

J'ai dit que *Marat* avoit un amour ardent pour le Peuple; mais il ne l'a jamais flatté : nul n'a plus que lui prononcé un ferme attachement, un zèle vif pour la masse nationale ; nul n'a plus hardiment peint la corruption de nos mœurs. L'amertume de sa satyre sur cet objet a toujours égalé son horreur pour la flatterie ; et à ce propos, je pose en fait que nul être sur ce globe, avant et depuis notre régénération qui a retrempé les ames grandes, belles et fortes, que nul, dis-je, n'a entendu le plus léger mot d'adulation sortir de la bouche de *Marat* : signe précieux et caractéristique du vrai patriotisme ! cachet incontestable de l'élévation de l'ame, sans laquelle on n'est pas patriote ! car avant d'être patriote, il faut être homme, et l'homme se distingue à la dignité de son être.

En matière d'ordre et de convenances

morales, en matière de belles-lettres, *Marat* avoit un goût sûr et même délicat, non pas de ce goût dont les nuances varient selon les mœurs et les tems, mais de ce goût fondamental qui n'est autre que l'accord de la raison et de la nature.

Ce goût et sa simplicité, autant que son patriotisme, lui avoient rendus odieux le charlatanisme et les charlatans de toute espèce, et sur-tout ceux qu'il voyoit dans la tribune oratoire. Aussi ne manquoit-il jamais de les apostropher et de les traiter de *jongleurs*, avec une amertume et un cinisme, qui, presque toujours, en comblant de plaisir ses amis et ceux de la vérité, les frappoient encore plus d'étonnement.

Marat avoit de l'orgueil, quelquefois une vanité folle, et même, si l'on peut s'exprimer ainsi, une fatuité politique. Ces défauts, dont pas un homme sur la terre n'est peut-être exempt; ces défauts qui, modifiés de cent mille manières différentes, semblent inhérens à l'homme social, avoient néanmoins dans Marat une source louable et un principe généreux, plutôt qu'une forme séduisante. Il croyoit et disoit souvent, « que lui seul étoit capable de sau-

ver la Liberté » ; mais un tel aveu, et presque toujours exprimé d'une manière tranchante, qui partoit d'une persuasion in-
time, ne lui échappoit que lorsque ses amis
lui prêchant la patience, et de la mesure,
n'épousoient pas son opinion hardie, ou
ne demeuroient pas d'accord de l'urgence
ou de la possibilité des moyens qu'il pro-
posoit : l'événement ensuite venoit-il à
justifier sa façon de voir et d'agir, (et
cela est souvent arrivé), il n'est pas éton-
nant que l'accomplissement de ses prédic-
tions et son triomphe, lui donnassent de
l'orgueil ; cet orgueil paroissant juste, en
étoit moins choquant ; là commençoit la
vanité ; de-là s'ensuivoient quelques petits
accès de fatuité, que j'appelle politique,
puisqu'elle n'avoit de rapport qu'à la Patrie : mais comme il avoit un esprit juste
et un bon esprit, ces petites échappées
ne duroient qu'un instant ; et comme leur
effusion brusque, exaltée et folle, n'at-
tiroit l'humeur ni les reproches de personne, il étoit toujours le premier à les
réprimer et à rentrer dans sa bonhomie
naturelle, car il en avoit.

Il avoit plus que de la bonhomie. L'une

des bases de son caractère étoit cette pudeur ineffaçable qu'engendrent et nourrissent toujours, dans une ame honnête, la simplicité, l'amour du vrai, le sentiment du beau et du bon ; aussi rien ne l'indignoit plus que l'impudence. L'aspect de l'effronterie unie à la dissimulation, tantôt lui donnoit des accès convulsifs, tantôt lui donnoit, dans le discours et jusques dans l'attitude, une dignité mâle, une fierté grave, sous lesquelles sa petite stature disparoissoit, et qui en ont imposé plus d'une fois à ses effrénés antagonistes. *Je vous rappelle à la pudeur*, étoit alors sa locution favorite ; et quoiqu'il ait eu souvent besoin d'en user, l'expression qu'il y mettoit en étoit si fortement sentie, qu'elle ne parut jamais parasite dans sa bouche.

J'ai dit que Marat avoit de la bonhomie : c'est à cette qualité, que peu de gens savoient démêler en lui, qu'il faut attribuer une singularité remarquable dans cet homme, et qu'il est facile d'expliquer. Souvent, lorsqu'une question importante et majeure, et sur laquelle il pouvoit obtenir la parole, l'amenoit à la tribune, vous l'eussiez vu, recueilli et plein de sa matière, entamer la question par un exposé précis et lumineux, la traiter ensuite avec autant d'ordre, de raison et de force que de profondeur, mais toujours brièvement ; sa dialectique étoit pressante, et sa conclusion frappante de sagesse. Il étonnoit ses adversaires autant qu'il les embarrassoit ; son triomphe écla- toit par leur confusion et par le ravisse- ment des Patriotes ; sa tête alors se mon- toit, son amour pour la justice et pour la vérité, lui faisoit illusion ; il en croyoit toute l'Assemblée pénétrée comme lui ; il se figuroit l'occasion excellente pour faire triompher la Patrie ; et le voilà soudain qui, remontant à la tribune, venoit avec confiance présenter ses moyens d'utilité et de régime politique, dont l'audace, quoi- que juste en calcul, ayant toujours l'air de l'exagération, formoit, avec son discours précédent, un contraste apparent si marqué, une disparate si forte, que presque tout le monde en étoit soulevé ; tandis que lui, qui presque seul sentoit la cohérence de ses idées et la conséquence de son raisonne- ment, demeuroit tout stupéfait que des gens auparavant si sages de l'écouter, fussent si peu raisonnables de l'improuver dix mi- nutes après : pur effet de sa facilité à croire à l'empire de la vérité : effet aussi de son impuissance de dissimuler. Ces scènes plusieurs fois répétées, avoient appris aux ennemis de la Patrie, ses adversaires, à lui tendre des pièges. Plus d'une fois ils se sont servis de sa franchise abondante et impétueuse pour s'en faire des armes, et pour qu'en raison des circonstances qu'ils préparoient, sa véracité fût un crime. Perfidie atroce! qui seule onvroit à Marat l'abord de la tribune, que l'on interdisoit à toute la Montagne.

Cette inhabileté dans la mesure ne prouve pas l'inexpérience de Marat, que ses écrits et sa perspicacité ne permettent pas d'admettre ; mais elle prouve sa naïveté. Quoique l'imposture des couleurs et du pinceau dont les traîtres se sont servis pour peindre ce Patriote, semble exclure absolument en lui cette naïveté, il n'en est pas moins vrai que ce fut l'un des attributs distinctifs de son caractère. Cette naïveté dérivoit en partie de sa forte sensibilité et de sa foiblesse ; car si tous les hommes foibles ne sont pas sensibles, tous les hommes sensibles sont plus ou moins foibles, mais ils le sont.

« Les coquins, disoit souvent Marat, me
» peignent

» peignent cruel; mais qu'ils se trompent » !

Oui, Marat étoit fortement sensible, et Marat étoit très-foible. Puisqu'il étoit naïf, sensible et foible, Marat devoit être crédule, et il l'étoit. Par ces qualités, apanage d'un bon naturel, que de maux les traîtres ont fait à Patrie ! Les perfides ont eu constamment le soin de le faire cerner et circonvenir par des hommes, tantôt fourbes et patelins, tantôt affectant l'austérité ou la rudesse, mais jouant toujours le patriotisme, qui tantôt l'obsédoient de mensonges, tantôt exaspéroient son ame ardente, tantôt précipitoient ses combinaisons politiques, et tantôt le poussoient à l'imprudence de l'indignation. Les lumières, les talens et l'expérience ne balancent jamais la confiance d'un honnête homme; et quand le zèle est extrême, la confiance est sans mesure.

Qu'on se représente qu'il suffisoit de se dire amant de la Patrie et d'affecter habilement de l'être, pour trouver accès dans l'esprit de Marat; qu'il suffisoit de bénir son patriotisme pour l'enivrer; qu'il suffisoit de se dire malheureux, pour l'attendrir et le tromper : sa mort en est bien preuve ! et l'on sentira que sa foiblesse et sa crédulité étoient

B

des conséquences de son bon naturel, et qu'il n'en faut imputer l'abus qu'aux méchans, dont le propre est de convertir en poison les sources les plus pures.

Mais ce Marat, foible par son cœur; si nous le considérons sous le rapport de son esprit et de son ame, nous verrons un homme d'une tête forte, d'un courage invincible, d'une fermeté inébranlable. Jamais je ne l'ai vu, dans les orages même les plus violens, sans une présence d'esprit rare et constante. Dans ses desseins, dans leur exécution, dans ses opinions, dans sa haine patriotique, rien ne le faisoit dévier, rien ne le faisoit fléchir. Ce n'étoit point opiniâtreté, car il savoit écouter la raison et savoit la louer dans autrui quand elle surpassoit la sienne, et cela d'un air tellement simple, que tel en faisoit honneur plutôt à sa propre supériorité qu'à sa candeur. Dans le danger, dans les attaques immédiates et les plus épineuses, dans les persécutions les plus violentes, son courage et son intrépidité furent dignes d'admiration; nul revers ne l'abattoit; nulle considération ne le dominoit. On en trouvera la preuve spéciale dans la manière dont il soutint à la Convention l'attaque terrible et combinée de toute l'aristocratie de France dans la personne de ses ennemis présens ; dans la victoire éclatante qu'il remporta , lui seul , sur eux tous ; par l'intrépidité de son maintien et la force de sa logique ; dans la terreur qu'il leur renvoya dans l'ame , le mépris à la bouche , et le pistolet à la main.

Si nous descendons quelques mois plus bas, nous trouverons dans une époque pareille quant à l'objet , mais différente dans ses circonstances ; nous trouverons , dis-je, la preuve que pour subjuguer Marat , il falloit atteindre à son cœur. Lorsque les traîtres , les vrais factieux , plus forts et plus puissans par l'excès de leur crime , vinrent à bout de le faire mettre en état d'arrestation , ô comme après la séance et l'écoulement des députés , lorsqu'il se trouva presque seul dans la salle , environné de quelques Patriotes affligés , comme j'observai douloureusement tout à la fois son affliction , son courage et sa présence d'esprit ! il refusa de livrer sa vie au poison ou à des assassins ; il fut ferme , mais il étoit triste et peiné ; mais on lisoit sur son visage ce poignant chagrin d'un ado-

B 2

rateur de la Liberté , qui voit triompher
les ennemis de la Patrie , qui voit les Patriotes succomber avec leur cause , sous
les efforts redoublés de la perfidie et de
la scélératesse. Lorsqu'après son jugement
il rentra triomphant à la Convention , por-
té et couronné par le Peuple , si quelque
chose causa aux traîtres plus de dépit et
de fureur que ce triomphe même, ce furent
la modération et la dignité de Marat ; et
c'est-là qu'il fut facile de juger de la bonté
de son esprit , et combien sa raison et ses
lumières étoient supérieures à ses passions.

La rapidité des évènemens de la Révolution
qu'il falloit observer , le grand nombre de
conspirations qu'il a fallu déjouer , les persécutions successives qui ne laissoient pas
aux Patriotes le tems de respirer, n'ont pas
permis à Marat de nous laisser la preuve
qu'il avoit conçu ou qu'il étoit de force
à concevoir un système complet de République, combiné dans toutes ses parties. Mais
il est néanmoins facile de conjecturer son
opinion par ses écrits , quoique ces écrits,
enfantés à diverses époques , aient entre
eux des différences notables en principes
et en résultats. A mesure que la Révolution

a marché, à mesure que la République s'est
établie, Marat, d'un jour à l'autre, a dé-
veloppé dans ses feuilles et dans ses discours, les combinaisons par lesquelles le
système qu'il désiroit à la France, s'élabo-
roit dans sa tête. Ceux qui méditeront ce
qui nous reste de ce Patriote, verront qu'il
abhorroit autant l'*aristocratie* que la *mo-*
narchie, et l'*ochlocratie* encore plus que
ces deux premières espèces de gouverne-
ment ; mais ils verront aussi presque à
chaque ligne de ses discours, que si la
démocratie étoit le but de ses desirs et de
ses travaux, il la vouloit largement combinée
et fortement gouvernée.

En général, *Marat* n'avoit point de petites
idées : qui ne l'a pas vu sourire de pitié
et hausser les épaules, chaque fois qu'un
projet de Loi grande et fondamentale, tom-
boit à la discussion entre les mains des
éplucheurs et des formalistes, qui rongeant
à l'envi ce projet, finissoient par le défi-
gurer et le réduire en fatras ? « Il me
» semble, disoit-il, voir un ouvrage d'es-
» prit à la discrétion des puristes ; à force
» de le corriger, ils en ôtent le caractère ;
» à force de le perfectionner, ils en font

» une platitude ». C'étoit sa comparaison propre , et ses propres mots.

Il manqueroit un trait essentiel au portrait de tout homme, si l'on ne parloit pas de ses petitesses. Marat avoit la sienne, et même fort plaisante dans un homme tel que lui, dans un homme dont la vivacité des mouvemens, l'impétuosité du caractère , et la véracité tranchante ne pouvoient admettre aucune espèce de dissimulation. Marat avoit de la prétention au machiavélisme : cet homme dont le regard seul donnoit à un œil exercé, l'idée la plus claire de sa situation ; cet homme, dont le moindre acte de zèle, quoique vrai , prenoit la couleur de l'air affairé ; cet homme vouloit qu'on le crût grand théoricien dans l'art de gouverner par la ruse et la cautèle : il étoit si bien frappé de cette manie, que dans les petits cercles intimes, après avoir tempêté contre les ennemis de la Liberté, après avoir exhalé toute sa haine et détaillé tout ce que son caractère lui suggéroit de moyens, lorsqu'on mettoit sur le tapis la ruse des aristocrates et leurs noirceurs, il se mettoit à sourire ; et d'un air parfaitement avantageux, nous prioit d'être en repos; et se frappant le front le pré-

tendoit rempli de plus de rubriques que n'en
pouvoient contenir les cabinets de Vienne,
de Pétersbourg et de Londres tout ensemble :
il n'en étoit très-assurément rien. Etrange,
mais assez commune bisarrerie des hommes,
de vouloir précisément savoir le mieux, la
chose qu'ils savent le moins ! Pour peu que
Marat s'apperçût de l'incrédulité de ses con-
fidens sur son machiavélisme, il se fâchoit,
et disoit que nous verrions. Hélas ! quoi
qu'on en ait dit, il étoit bon homme, et sur
ce point nous n'avons rien vu de lui.

Marat eut de vrais amis ; il les ménageoit
peu, les offensoit quelquefois ; mais il re-
venoit facilement, promptement et de lui-
même à eux, avec un repentir franc, simple,
vrai, mais peu démonstratif. Il ne savoit
garder aucune rancune que contre les aristocrates, encore lorsqu'ils se masquoient leur
pardonnoit-il, à la charge de les haïr plus
fort le lendemain, pour peu qu'il eût cal-
culé les probabilités de leur conversion.

Marat, enfin, avoit du génie, de l'esprit,
de l'érudition et du goût, de grandes ver-
tus, quelques défauts, mais point de vices.

Il fut Patriote excellent, révolutionnaire
intrépide. S'il est arrivé quelque mal par

lui, la faute en est à ses ennemis et aux traîtres : nul n'a voulu plus que lui le salut de la Patrie ; peu lui ont rendu de plus grands services : on baptisa de son nom les Patriotes malgré eux : si le sentiment reste à ses mânes, peut-être beaucoup de fourbes s'intituleront de ce nom célèbre malgré lui. Marat a bien mérité de la Patrie, et la postérité se souviendra religieusement de lui par-tout où l'amour de la Liberté sera une passion.

De l'Imprimerie de CRAPELET, rue S. Jean-de-Beauvais, n°. 36.

www.ingramcontent.com/pod-product-compliance
Lightning Source LLC
Chambersburg PA
CBHW060900180626
46818CB00004B/1787